KB066459

사람도 때로는 섬이 되는구나

사람도 때로는 섬이 되는구나
신장런 지음

초판 인쇄 | 2007년 12월 15일
초판 발행 | 2007년 12월 20일

지은이 | 신장런
펴낸이 | 신현운
펴는곳 | 연인M&B
디자인 | 이희정
기 획 | 여인화
등 록 | 2000년 3월 7일 제2-3037호
주 소 | 143-874 서울특별시 광진구 자양동 680-25호(2층)
전 화 | (02)455-3987, 3437-5975 팩스 | (02)3437-5975
홈주소 | www.yeoninmb.co.kr
이메일 | yeonin7@hanmail.net

값 7,000원

신장련 시집

사람도 때로는
섬이 되는구나

自序

파피루스 서너 촉을 오지항아리에 옮겨다 심었다
지중해의 바람이 올 리 없는데
베란다 문을 열어둔 채 한여름을 보냈다
짙푸른 손사래에 무심히 다가서니
는개 같은 꽃도 피우고
가상의 뻘밭에 새 촉수 내리는
유랑의 파피루스

오지항아리 밖으로 내민 푸른 독백이
꽃이 아니라 삶이라 이르는
푸른 수화(手話)들
해독하며 겨울을 맞는다
겨울,
그 끝에 봄이 있다.

2007년 겨울
신장련

| 차례 |

1부 봄비

봄비 _ 12

연자(蓮子) _ 13

청둥오리 _ 14

바위 _ 16

석부작 _ 17

번지점프 _ 18

토함산의 추억 _ 20

학의천 방아깨비 _ 21

남은 자의 몫 _ 22

푸르디 푸른 왕관 _ 24

반상회 _ 26

낙산 일출 _ 28

풍문 _ 30

처용탈 _ 32

여름밤의 눈꽃 _ 33

생일 _ 34

정동진 어부의 집에는 사람이 산다 _ 35

2부 비금도

축생신위 _ 38

비금도 _ 40

인연 1 _ 41

인연 2 _ 42

인연 3 _ 43

안거(安居) _ 44

원판불변의 법칙 _ 46

해송(海松) _ 47

까마귀 _ 48

참살이 _ 49

입춘기 _ 50

선인장 52

전지사와 플라타너스 _ 53

에밀레종 _ 54

연날리기 _ 55

만다라의 길 _ 56

비버 부부의 성혼선언 _ 58

청풍면 물태리 _ 59

3부 나 찾기

목백일홍 _ 62

소 찾기 _ 64

가을 _ 65

파씨 한 줌 _ 66

목수 _ 68

별 하나 _ 70

반려자(伴侶者) _ 72

약손 _ 74

陽陽이라네 _ 76

매미의 잠 _ 78

애독자 _ 79

왕피천에 가면 _ 80

가을이다 _ 82

나 찾기 _ 84

구절초 꽃차 _ 85

4부 새들도 때로는 섬이 되는구나

손가락은 말고 달을 보아라 _ 88

세월 _ 89

가을 소묘 25줌 _ 90

휴휴암(休休庵) _ 92

부추밭 채송화 _ 93

아버지의 땅 _ 94

동영상 유감 _ 96

지로 용지 _ 98

망월사 종소리 _ 99

내 친구 숙이 _ 100

새들도 때로는 섬이 되는구나 _ 101

사람처럼 _ 102

빠삐용 안경에게 _ 103

나는 전생에 잉어였을까 _ 104

자작나무 _ 105

| 해설 |

자아 인식과 시적 환생 · 김대규 _ 106

1부
봄비

봄비

마른 산들이
단식을 끝마치고
달게 배를 채우듯

그리웠습니다
몇 광년을 달려온
어머니
얇은 베옷 들추이며
앙상한 수족이
당신의 부덕한 소치도 아닐러니
단단한 도개 열어
수혈에 임하시는
어머니!

짐짓
연둣빛 햇잎엔 등을 돌리고
그래, 그래야지
머뭇거리는 어깨 어루만지는지
눈물 머금은
까망 솔방울
봄비 마냥
떨어집니다.

연자(蓮子)

환호하던 발길이
하늘 우러르던 기도와 함께 되돌아가고
바람 끝에 남겨놓은
저 솟대는
차마 걷어가지 못한 피 엉긴 심장이다
새로운 영토를 찾아
끼니를 걱정하는 아이와
날개 부러져 용기 잃은 가슴에
달아주고 싶은 부적 같은 것

그래 눈망울이 빛나는 것이다
겨울이 깊을수록 주파수를 맞추느라
또록또록
홍채만 남아서 신호를 보내는 것이다.

청둥오리

첫눈이 오는 날
토막 잠을 자는
외발 청둥오리
시장 모퉁이 선술집에서
호객하는
삐에로처럼
무심한 발길을 사로잡습니다

싸락눈을 밟고 선
벌건 발가락
외발로 서서
나홀로 시위하는 시간이
눈처럼 쌓이면
깃털 속에 찔러 넣은 한쪽 발이
스르르 풀어지고
제풀에 놀라 다시 찔러 넣느니
숨쉬는 박제를 닮았습니다

낙향하는 무리의 날개짓 소리
돌아가고 싶었던
우포 늪에 노을이 깃들면
애초부터 닫아버린 부리가
조금씩 열립니다

아이들은 재미로 돌을 던져 보고
32% 막소주에
방광이 찬 사내들
무심히 방뇨를 마치며
푸르르 몸을 떨듯
팽팽히 줄다리기하던
생명의 끈
그만 탄력을 잃고 맙니다

다리를 옭아맨
노끈이 무슨 소용이랴
우포 늪 듬벙에
목을 축이고
윤회의 매듭을 풀어버린
청둥오리
날개를 버리고야
날아갈 하늘이 열립니다.

바위

장인이 날인하듯
안으로 깊이 서린
화인(火印) 있어
한 천년
사랑의 옷깃 스쳐도
묵묵부답

처음이자 마지막인
그대
간직하네.

석부작

꽃이고
나비던 때가 있었지
담쟁이덩굴 순이
6월의 햇살만치 뜨거웠네

위용이 허물어진들
마다할 수 없어
경락을 따라
일침하는 명의처럼
섬세한 돌기들
무덤덤한 살갗 위에
사랑의
불 지펴

말 없는 내게
종일토록 시를 읊어주던
잎새의 문신들
바위는 겨울이 와도
겨울이 아니네.

번지점프

왕후가 있었지
남한강 옛 나루터에 앉아
몇 길을 떨어져도 다시
살아 춤추는 분수
한나절을
넋 놓아 바라다보고
수없이 흐르는 무의식을
뽑아 올린다

전생의 닮은꼴
흡사한 얼굴들
부도공덕비를 돌아보며
나는 새도 떨어지던 이름자
탁본하듯
의식에 묻어난다

지상 60m
번지점프 낙락 끝에 서서
새처럼 날고 싶다
도약대를 힘차게 구르며
남한강의 솔개가 되는
지금 사람
한 오백 년 전부터
번지점프는 있었지

온 생애를 걸어
가문의 영광을 걸머지고
순간을 날다가
날개 부러지면
희로애락 모두를
소멸해버린

왕후는
다시 번지점프를 즐기고 싶다
생의 기폭을
점프하면서 꿈이 여무는
어린 사람의 탄성이
엊그제 목울음 참던
그 순간인 듯
다시 도약대에 서성이고 있다.

토함산의 추억

석굴암 가는 길은 참 멀었다
안개비에
교신을 끊어버린 토함산

동무들은 배낭 메고 수학여행 떠나가고
무거운 종아리를 재촉해
텅 빈 운동장을 들어서면
구만리 멀어 보이던 교실
자율학습은 지리한 판토마임
〈정숙〉과 〈자습〉이
반은 뭉개진 흑판을 뿌리치며
동해남부선 기차를 따라 달음질하던
갈래머리의 첫 실연
오리무중 토함산

그날
학교의 마침 종도
석굴암 예불 종소리도 끝내 울리지 않았다.

학의천 방아깨비

거미가 엮어놓은 그물 속으로
더듬이를 찔러 보는
방아깨비
학의천이 놀라 탱탱하다
그물이 눈을 소물게 뜨고
고마리풀에 기댄다
네가 고마리 숲으로 들어오면
그물코 당긴다

오늘 방아깨비 타고
학의천 유람하다.

남은 자의 몫

입양딸과 둘이
오뚜기처럼 살았던 친구가 갔다
회향이구나
쉰 해를 지고 다닌 달팽이 집을 부렸으니
고삐 풀린, 자유를 위해 건배하자
허공을 안주해서 막소주를 들이키며
대퇴부 깊숙이 덧이은 철판조각
걸음마다 날을 세운다던
낯설고 아슬아슬한 곡예는 끝이 났다
손바닥에 옹이 만들며
지팡이에 의지하던 갈짓자 걸음
이제 걸을만 하니 끝이란다

새마을호 개찰구에서
자정을 넘기면 보내고 남음이 부질없듯
영안실을 밝히는 부질없는 조명들
말은 접어두고 눈빛이나 기억하자
인색하기 그지없는 그는 독대를 사절하고
스스로의 자화상에 내 슬픔도 동이 났다
마음을 백번 주고 싶어도
손 한번 쓰다듬을 수 없는 먼나먼 사이
낡은 옷 한 벌과
꿈꾸던 내일은 남은 자의 몫이란다

영락원을 빠져나오는 장의버스가
가벼이 흔들리는 것은
낡은 옷 한 벌의 비움이 아니다
두터운 손아귀 힘이
한 꺼풀씩 얇아진 까닭이다.

푸르디 푸른 왕관

내 이름은 왕지렁이
미루나무 햇뿌리에 풍구질 하고
쇠똥구리 땅강아지
사통팔달 환기통을 뚫어주는
땅 밑 세상 마당쇠랍니다
단오절이 지나 지열이 후끈한 날에
장마비 기다리다
붉은 띠 마디마디 단장하고
마중 나왔습니다
땅 위 것은
시시각각 변해 믿을 것이 없다
어머니의 만류도 뿌리치고 말입니다

고샅길 뭉굴러 시멘트가 덮힙니다
두더쥐 같은 드릴이
어제의 출구를 헤집어
집으로 가는 지도가 소용이 없습니다
관악산 초입에서 산장까지
우리는 살고 싶다
몸으로 글을 써 도배를 해도
핏물 범벅에 몸통은 으깨져서
강화도 종말처리장까지
흘러흘러 강이 되었습니다

왕지렁이 소동은
어렴풋한 전설이 되고
노간주나무에 목숨 부지한 손줏뺄
실지렁이만 서넛 남았습니다
풀꽃상의 왕지렁이는 도감에나 있고
푸르디 푸른 왕관
이름만 덩그러니 남았습니다.

반상회

어디서 선잠을 잔 산까치
구긴 옷깃을 푸닥거리며 반상회가 열린다

새머리가
송신줄에 촘촘히
나들목 쪽으로 주억거리는 것이
예전 까치가 아니다
지난 가을 새로 이은
실팍한 서까래 보푸라기 침구며
사정없이 송전탑 아래로
내동댕이 치고
'정전유발조류포획기간,
붉은 방을 내다 건
냉혈동물과 이판사판 해 보자는 것이다

소설(小雪)에 내린 눈이
헐어버린 집기와
조만간 부화할 새끼들을
묻어버린 새댁은
차라리 총알받이가 되자 하고
나이 지긋한 할미새는 담요 몇 장 미국 호밀에
라면봉지라도 챙겨서 떠나자 하고
반상회는

팽팽한 줄다리기 한마당
생존을 물고
당분간 한냉전선이다.

낙산 일출

수평선이 도화선이다
반환점을 돌아오는
가을 운동회날 큰북소리
동해는 끓어오르고
어둠이 무너지는 새벽
낙산 포구
놓쳐버린 전동차
신용불량자의 낙인
소녀들의 영혼을 위로하는
침묵 속 춤추는 촛불
구인란의 붉은 밑줄과
커트라인에 훨씬 못 미치는,
혹은 넘어버린 숫자
되돌리기 위해
한 목소리에 불을 지핀다
희뿌옇게 소멸하는 어제의 앙금
함성에 못 이겨 불거지는
해 언저리
진부한 것들을 모두 떨치고
순산하는 동해 어머니
산바라지에 쏟았던 일념
에너지로 돌아온다

오늘이라 이름하는
뜨거운 선물
낙산 일출!

풍문

사내의 풍문은
팔봉에서는 날고 말바위 아래서
날개를 몰래 접는다고
마통에 버섯처럼 돋아나고 있었다
속도에 못 미쳐
밭두렁에 주저앉은 트렉터의 신음같이
갈참나무숲에 새길을 내며
그의 맨발은 피멍이 들었다
일출을 정상에서
해넘이를 배웅하려 다시 산을 오르는
방울방울 소금이 결집하던 구렛나루 사내를
이 시대에 하나 남은 낭만이라 하고
실성이라 하고
그도 저도 아닌 박수라 했다

폭우가 징검다리를 휩쓸어 간 이듬해
겨울잠이 덜 깬 바위를 제자리에 앉히며
칩거하는 미물을 범할까
그제도 사내는 맨발이었다
오작교가 놓이고
깔딱고개에 다닥다닥 나무계단이
숲을 잠식할 때
사내는 구두끈을 동여맸다

풀꽃의 쓸쓸함과
거미줄에 흔들리는 나방의 사선(死線)과
단풍나무 숲으로 멀어진 인연을 위해
묵도하던 맨발은
청학동 구절리로 만행을 떠났다고
밴질밴질 윤기 흐르는
나무계단 아래
참새들이 눈물 섞어 전하는 말이다.

처용탈

문설주에
처용탈을 걸었더니
밤중에
생면부지 사내가
잠자리를 엿보더라

아침에 일어나
두 볼이 붉그데데
화난 연유를 물었어
찬찬히 들여다볼 것도 없이
아침 술을 먹었구나

밤이 오기 전에
볼연지 고운
처용각시 불렀더니
족두리 그냥 씌워두고
합환주만 취하더라.

여름밤의 눈꽃

홍성군 지천리에서 빈집을 지키는 너를 보았다
사과꽃 따는 주인을 기다리다
물 한 모금 마시고 토담 아래 버린 물
금세 시들하던 잎새를 펴고 빤히 올려다보는 너
사막을 걸어가던 어느 생의 고비에서
번개와 함께 스쳐간 단비가 아니면
천년 전의 내 사랑이 보내는 교신인지도 몰라
너를 보쌈하듯 품어 오고
보은하듯 여름밤에 눈처럼 꽃을 피우는 너를
더위를 삭히는 이름 설화라 불렀다

빙수 한 그릇 땀을 식히는 미사리에서
설화를 보았다
팔뚝만큼 실하게 땡볕을 받쳐든 이름 설화초라
황급히 뒤꼍으로 사라지는 설화
명치끝에 멍울이던 그리움 하나
빙산조각처럼 녹내리고
번식을 빌미 삼아 씨방에 핵탄두를 장착한 설화는
소매끝이 살짝 닿기만 해도
어디로 튈 지 모를 포문을 열고 있다

또 몇 생이 지나
너는 풀잎으로 나는 단비로 만날 것인가.

생일

어느 생일에
다발 장미를 기다리다
장미가 수놓인 엽서를
마주하고 웃었다
기다림이 있어
아직 젊음이다

축하 메시지를 기다린다
기다린다
기다림만 미덕인가
내 생일이야!
선물 혹은 장미는 사절
메시지만 넣어다오
비워야 할
가슴 있어
아직도 젊음이다.

정동진 어부의 집에는 사람이 산다

아내와 밤배를 타고 돌아오면
그물 코를 뜨던 칠순의 아버지가 노고를 털어내고
실경에 걸쳐둔 물옷이 해감을 말리는 동안
아내는 물옷을 빠져나와
방어 손질에 류마치스가 저만치 물러 서고
유람선을 타고 온 원색의 무리
방금 건져 올린 바다의 유정란을 삼킨다

봄볕에 잘 말린 다시마가 테라 펠리스로 시집간다
알맞게 간 맞추며 비리없이 살았는가
감붉은 윤기를 간직하며
튿어짐없이 굴곡없이 정절을 지켰는가
바다성의 성주처럼 찬사에 배부른 어부는
해파리가 핥고간 고등어 선간을 해서
허전한 손에 들려주고 웃는다

살갗을 대련하던
자웅을 겨루어 방죽을 넘어오던 밀물
문막 580m 점까지 꼬리를 끌며 따라온다
산달의 며늘아기 첫국에
입속에 꽃이 되려고 숨을 멈춘 도다리에게도
헛헛한 눈빛 남아 있는
정동진 어부의 집에는 사람이 산다.

2부

비금도

축생신위

사람으로 살아도
회한뿐인 이승이라니
축생으로 산 세월 부디 잊어라
새 옷 입고
축생신위 한 장에
영(靈)을 달았다

징 울리고
바라춤 추고
해탈법문도 귀에 담아라

샛바람이 분다
우루루 몰려오는
십이간지 축생들
실험대 위에
아직 따뜻한 체온과 생이별한
쥐, 토끼, 노루

사랑 없이 수태하고
붕어빵처럼
복제를 위한 채혈
내장을 열어 속을 뒤적이며
신음을 묵살하는
축생 마루타

업이 지중하다
억만 관이 되더라도
몸을 송두리 소신한 공덕으로
천상에 나거라.

비금도

그 섬에 가는 날은
마음이 색동이다
곳곳에 지켜서 발목을 잡던 너는
거품이 만든 또 다른 나

나보다 더 리얼한 나를 찾아
비금도로 떠난다
석회암 벼랑 돛처럼 세우고
발통기 통통통 최면을 걸어
마중 나오는 습새
마음을 꺼내 백기처럼 흔든다

명사십리 분신하는 낙조에게
금생을 고백하고 돌아온 이후
적선함 보면
비금도 가는 배삯
미리 넣어 본다.

인연 1

챙이 넓은 꽃모자 쓰고
길을 걷는다
철이른 나비
모자에 이끌려 온다
그냥, 꽃에
한눈팔고 온다

언제 적
내 소홀했던
인연인가 싶어
꽃이 되어 서 있다.

인연 2

해가 저문다
종일 끌고 다닌 그림자
고스란히 벗어
산마루
병풍처럼 펼치고는

그는 또 걸어간다
깊은 빙하 속으로
마하 광년 속으로
사무치는
운하 어머니

네온이 흐린 간이역
별빛 더 깊은 적에
간간이 마주 보는
내 어머니.

인연 3

덤불 밑이 훤해지면
백로가 지난다
무성하던 숲에 몸을 숨기고
빼꼼이 내다보다
잽싸게 달아나던
털북숭이
가즉해도 멀고
먼 듯해도 걸어 보면 아쉬운
명상의 숲에
새 보금자리를 틀었다

버림받았다고 수근거리면
벼락맞을 소리라며
돌아가는 길을 잊었노라고
이 길이 그 길 같아
덤불 밑을 훤히 길을 내었다

해질 무렵
엘리베이트 층음에
귀밝히던 털북숭이
갈잎이 져도
빼꼼이 내다보고
그리운 얼굴 잊어버릴까
인연에 대하여
긴 명상에 든다.

안거(安居)

겨울 산책길에
방죽 사이
너는 검불이었다
가을에서 겨울 내내
거푸집이었다

봄은 아직
방죽 넘어 서 있는데
아늑한 거기
휴식처였구나
아니,
우주를 꿰뚫는
안거였구나

면벽 삼 년
큰스님 토굴로 기도 가실제
방죽을 택한
너는
동안거 해제날
진눈깨비 맞으며
만행 떠나는 스님네
방(榜)을 보았더냐

검불을 비집고 나와
옷깃 여미는 씀바귀
너는
숲의 구도자.

원판불변의 법칙

최근 판이다
3백 화소 디카에게
근사한 미소를 담아 보라고
신신당부를 했더니
아무리 뜯어봐도 모르는 사람이다
섭했던 마음은 잠시
반가워 실눈이 커진다
김수한 추기경 닮은 우리 아버지 모습도 있고
눈두덩 움푹하니
내 손 잡으시고 눈물 글썽이던
엄마 눈매도 용케 잡았다
디카의 성능
새삼 감복하고 말았지
어버이 다시 볼 수 없어 울적한 그늘
조금 더 편안히 보살피지 못했을까
마음의 명암까지
쏙 뽑아내고 말았네.

해송(海松)

바다 둥지고 서 있어라
마냥 바람을 등에 업고
벽이듯이
서러운 이들
하루를 사노라
미약한 사랑
바람 재운 들녘에
머리 숙이듯이

세상일 다한 후
밭둑에 엎드린
붉은 무덤
솔밭 너머 북향하는
고니 떼 흰빛 위로처럼
바람은
비상을 위한 부추김이거니
최선을 다했다
풋풋한 인사처럼
바다 둥지고 서 있어라.

까마귀

내 조상은 은둔자였다
한 짝을 만나 해로하며 사색하기 좋아하는
꽤 괜찮은 족속이였다
터전을 이리 저리 옮겨다니지도 않커니
아버지가 태어난 집에 내가 태어나고
일 삼아 고기뼈 발라주던 아버지,
이제 늙은 아버지의 잇속에 살덩이를 씹어
넣어주며 아버지처럼 살기가 꿈이던 나는
높은 망루에 망연히 앉아 있다
교도소 사역장이 훤히 보이는 광장사거리
붉은 신호에 갇혔던 차들이 속도를 내며 달리거니
내 시위를 눈여겨보는 이 없다

모락산 까막숲에 벌집처럼 길이 숭숭 열리고
영역을 고수하려는 내 울음
차바퀴 아래로 무참히 깔린다
취사장을 기웃거리다 앙갚음하듯 생선토막을 꿰차고
까막숲으로 날아오르길 반복하는 하루
누가 쏘아 올린 화살촉인가
윤기 흐르던 깃털에 매연이 와 꽂힌다

나는 교도소 망루에서 날개를 팔고 있다.

참살이

속으로 꽉 차서
겉치레는 헐거운가
허드렛일에 지레 손발 담그고
없는 듯 늘 거기 서 있는 사람
우천시 휴장이라 일러주어도
빗속을 걸어가 한식경
기다리는 사람
공염불을 했다고 핀잔하면
잇몸 내놓고 웃으며
그냥 빗속을 걷고 싶었노라는
참사람 있다
휴가에 시골 노모를 돌보고
쫀득한 찰옥수수 푸대로 삶아 와
하모니카 한껏 불게 하느라
코밑에 땀이 송글송글
잠뱅이가 다 젖어
드물게 향기나는
참사람 있다.

입춘기

저절로 오는 절기
얼음꽃 마알간 새벽에
돌쟁이 아이처럼 눈길을 나선다

익숙하던
길 아닌 길
미흡함을 채우려
품어 온 복권 한 장
짝사랑보다 매운 열정으로
소진해버린 연골
얼래고 달래도
정강이가 후들거리지만

삶의 어느 곳에
숨어 있다 불쑥 나타나는
위기,
얼음 돌기에 걸려서
넘어지는 일
두렵지 않아
수계를 받은 그때처럼
가뿐히 다시 걷는다

오이도행
첫차가 달려온다
미리부터 새 일터에 긴장하는
일용직 사람들
얕은 기침에
푸른 버스전용차선이
전조등을 끌며 달리고

어깨에 남은 봄눈을 털고
의연히 허리 펴는
나뭇가지들도
해돋이를 향해서
입정(入定)에 든다.

선인장

뜸들이다 피운 선인장 꽃이
선정적 현란함에
입을 다문다
정교한 가시틈서리
은폐된 함정이 기다리고 있을까
인력(引力)이 집요하다
가시철갑을 두르고서
요화처럼 웃는
가시선인장
향긋한 장미도 가시를 품고
달콤한 말에도 가시는 있다
가시가 두려워
묵언으로 시위하거나
저 홀로 열정을 가두지 않는
선인장
생의 달인이다

말의 가시에 찔려 수 해를 묵언하던
마음의 경고 해지중이다.

전지사와 플라타너스

우수가 지나면
당신이 오신다는 걸 알고 있습니다
삼성산 남근바위턱에 노루꼬리 만치
겨울이 남아 있어
아직 물질을 망설이다가도
우듬지 자르고 샛가지 쳐서
추락하는 내 분신을 보고서야
저린 다리를 일으킵니다

자존이 꿈틀대며
다시는 가지에 새 움 티우고
푸렁이 너울대지 않으리라
옹니를 다물어도
봄바람의 묘약은
애 잘 낳는 아낙처럼 수난은 잊고 말아
또 속절없이 몸 부풀리며
잘려나간 틈서리에 희망이 자랍니다

기고만장 하늘로 벋어간 나무는
짐작도 못하는 애증이 자랍니다
그대 냉혹한 칼날의 흔적
치유의 고통은
사랑의 뒷모습이였느니
애증도 나이 들면 사랑이 됩니다.

에밀레종

종매에 나를 실어
힘껏 너에게로 달려간다

속을 다 퍼내고
연륜을 녹여 벼룬
깊고 그윽한 너에 비긴다면
나는 한갓 낙엽이다
너의 수순한 마음의 결을
음은 돋우고 양을 깎아서
벽이거나 강이거나
걸림없이 스며들고 흐르거니
새벽 이슬에 젖어와도
나는 너무 비대하다
누가 나를 울리면 품에 안아
아름다이 공명할까
까치박달나무와 한몸으로 살아
속울음 퍼내는 까치박달새
몸을 깎아 소진하는
그날까지
네 울림에 귀를 비워 둔다.

연날리기

풍향계 요란하면
언덕에 올라
엄나무 가지
밤이 내리고
심해로 사라지던
유년의
가오리

작은 섬이
바위톱 오두모아
섬멸하는 수평선
자리돔도
가시고기도
바람이 무지개처럼
빛나는 가을
제 울타리를 뛰쳐나와
하늘 연이 되는구나

창 밖에
깃을 세운 오동잎
내 유년의 신기루
무전여행
떠난다.

만다라의 길

노린재 숲에
숨어 우는 너를 세상 밖으로
끌어내리려
비비대는 가지들
끝내 끌어내지 못하고
이내 시들해져
멀찌감치 봄은 가고 있다

잊는다 말하고
가슴 한 켠
빈 방을 공유하는 연인이 되어
심장을 호비고 단전 깊이 토해내는
울음 들으며
익숙한 독경을 흉내내듯
유월이 다 가도록 주절거리다
소리가 뚝 그친
공간에 허무를 앓는다

내 부모가
둠벙가에 나를 누이고
천수답에 물을 대던 그 시절부터
아비는 수차를 밟고
어미는 샘물을 긷는 동안

강보에 쌓인 그 시절
귓전에 와 자지러지던
자성의 노래
나뭇잎인 척
뜬부기인 척
마음을 기웃기웃 염탐하던 너를
여태 허공으로 돌아가게 했지만
낮은 소리는 하늘에 닿고
높은 소리는 지장 깊이 돌아와
만다라의 길 입으로 불어
천상의 길 헤쳐가는
선승처럼

어느 봄날엔
내 기도에 화답해
노린재 숲을 박차고 나와
애타게 그립던
새 한 마리
하늘 날아오르게 하리라.

비버 부부의 성혼선언

한 곳을 같이 바라보며 살겠습니다
부족한 곳을 같이 메꾸며 살겠습니다
받은 것은 혹 잊어버릴지라도
미처 주지 못한 것을 가슴에 담아두겠습니다
물고기를 기다리지 않고
새벽강에 나가 부지런한 어부로 살겠습니다
댐이 불어나 강물이 덮쳐 오면
둘이 깍지낀 손가락을 풀지 않겠습니다

몸은 둘이지만 아픔의 경혈과
기쁨의 경락이 함께하는
일란성 쌍둥이처럼
별이 빛나지 않아도
우리 손을 마주잡고
동이 터 오는 강가를 걸어오겠습니다.

청풍면 물태리
―수몰지에서

강바닥 밑으로 깊이 달 돋으면 좋겠다
편액에 박힌 청풍명월
일없이 물결에 밀리며
달그락 달그락 추억을 새기느니
마을에서 장터로 사람 그림자 일렁이지 않아도
바람이나 건듯 불었으면 좋겠다
사기막골을 끼고 오르던
옹기쟁이의 화구 벌겋게 꽃피던 길
백년이나 천년을 기다려
청풍면 물태리
그 시절 고이 일으키면 좋겠다

강물로 울타리 엮은 윤판서집 별당에
그림자 홀로 읽는 장화홍련전
목숨과도 같은 비밀
담을 넘지 못하고
한 오백 년 세월 가도
물태리 강태리
가슴에 품었으니 귀인을 만나는 어느 대에
물길 틀어 양지가 되었으면 좋겠다
별당아씨 벗어둔 하얀 고무신
물고기 떼지은 초막 안이
그 시절 환히 불 밝히면 좋겠다.

3부
나 찾기

목백일홍

사랑한다
꽃을 피운다
재재거리던 명자나무
숲으로 잦아들고
서리서리 열꽃을 터트리는
늦사리 목백일홍
철들어 처음으로 만져 본
어머니의 맨살에서
는개비 같던 눈물도 말라
힘줄만 푸르게 도두라진 손길이
부단히 떠올라

구불구불 물길을 찾아가던
열망도 털어버린
청빈의 홀태가지
묻어나는 전율에 손끝이 아리는데
늦여름 내내 웃기만 한다
살면서 마주치는 것
스승 아님이 있을까
고락을 함께하며 좁혀 온 행간이
부러질지언정 휘지는 말자던
다짐도 헛된 분별이라
지긋이 눈 감은 선사(禪師)

고뇌에 젖은 생은 아름다워라
꽃피운 자리
연비로 지우느니
뿌리 쪽 어디에 사리인들 부지할까
적멸을 꿈꾸는 나옹이 서 있다.

소 찾기

나폴거리는 오랑캐꽃 세며
밭둑길을 타박타박 걷습니다
벼이삭에 꽃이 피려는
폐왕성 새미터에서 소를 찾았습니다
고삐를 꽉 쥐고
아귀에 힘을 실어 보았지만
집채만한 부룩떼기에 끌려갑니다
물만 엉긴 콩대가 비명을 질렀고
맹꽁이처럼 듬벙에 풍덩
고사리 손에 고삐가 뽑혀 나갑니다
하오의 잔상
우렁각시와 듬벙에 모여 놀던 구름
조각조각 제 갈 데로 후두껴 갑니다

그 유년의 소
코뚜레 풀무 불며
지금도 꿈길에 달려옵니다.

가을

바람
고요하면
가을은 겸연쩍어 어찌 오누
무릇 저 붉은 연서
언제 다 띄우려나
바람 더불어
낙가산 올라 보고
하늘 못 속에
물방개처럼
맴돌아
맴돌아.

파씨 한 줌

추석을 앞두고
어렵사리 걸음하신 어머니
꾸러미 속을 뒤져서
에둘러 내놓던
흔티 흔한 것

대여섯 시간 찻길에 품어 와
정작 내놓고 보니
별것도 아니다 싶어
민망해하던
파씨 한 줌

헤픈 말 없이
소일 삼아 가꾼다던
어머니 밭두덕에
외로움은 뿌리요
그리움은 가지였다

눈비 가리개
지푸락 사이 사이
혈관이 보이도록 푸른 아이들
얼기설기 세워논 삭정이
바람벽에 까닭 모를 눈물이
포기마다 떨어지던

외로움이 오는가
물러진 땅에 파씨를 심는다
보석공예가처럼
마술곡예사처럼
한 뿌리에 종을 부리고
에메랄드빛 날개 다느니

그립다
외롭다
수화라도 가르쳐
파씨 한 줌
귀 멀은
당신에게 보내고 싶다.

목수

샛강이 깨어나면 늦으리
성급한 농군의 헛기침도
미처 모를
오리나무길
어설피 세워둔 문설주에
지아비의 눈썰미는
겨울의 한밭에다
수없는 도면을 그린다

먹통을 내리고 수평을 본다
실한 가지로 들보를 올리고
바람이 지나는 들창에
쉼 없이 펄럭이는 국사봉 깃발
한눈에 들어와
바람을 다스리는
포세이돈이 되어라

좁은 땅
하늘로만 솟아오르는 빌딩만큼
까마득한 까치집
부실한 가지 쪽에
치미를 돋우고
저토록 추녀를 추켜세움은

올 한해 바람은 자잔하고
오리나무에 새 잎 무성하면
목수는
듬직한 애비가 되리라.

별 하나

멀리서도
가슴 따숩게 하는 별이 있습니다

길을 잃지 않아도 온 밤을
헤매이게 하는
그 별은
볕바른 짠닥에 메꽃이였는지
사는 게 아득해
돌아보면
자죽자죽 다가와
차가운 손을 덥혀줍니다
바다를 사랑해
작은 배의 선장이였던
그 별은
외로움 베어내
어디에 닻 내릴까
이 바다 저 바다 노를 저어서
바다 말고 하늘에
닻을 내립니다
인중이 짧아
성급히 돌아가며
어머니 가슴에 묻힌 그 별은
어림잡아 보아도
인중이 긴 별이 되었습니다

명이 긴 별로
둘째가라면 서러울 별이 되었습니다.

반려자(伴侶者)

전나무숲 길이
침향을 사루는 가을
울긋불긋 군중 속에
은발의 사내
내소사 일주문을 지난다
막 철드는 내소산 단풍
순례자 구경에
우쭐우쭐 발돋음하다가
인파에 노랗게 질린 얼굴들이
두런두런 붉어지고

구부정한 다리를 다구치지만
무심한 일행들은 앞질러가고
오던 길 아직도 저만치
불이문 밖 서성이는 한 사람
짐짓 늑장 부려 임자를 기다리던
반백의 세월
뿌연 먼지 속을 넘어오지 못한다

소떼들이
걸어서 판문점 넘어갈 때
말탄 님이구나 무릎을 치고
재두루미 날아오듯

고라니 넘나들 듯
빠듯한 일정에
지레 몸살 하고픈
생전에 그날을 볼 수 있을까

큰법당 관음을 올려다본다
해미읍성에서는
성모마리아께 두 손 모았지만
누구의 음덕을 빌더라도
함께할 수 있다면
가슴에 주홍글씨인들 마다할까

생의 반려를 서원하며
참이라 말했지만 거짓이 되고
꿈이다 싶은 생시는 너무 길어
엎드린 반백의 머리에
내소사 관음은 무색하고
소원이 절절하면 원성이 될까
오체투지
참회의 향 올린다.

약손

손가락을 땁니다
엄지손가락
첫째 마디
심장으로 가는 핏줄
무명실로 동여매고
살가죽 뚫고 들어가는
바늘 끝
어머니는 그때
머릿 살갗에 쓱쓱 문질러
바늘독은 당신께 닦았습니다

손가락에서
솟아나는 선홍의 추억을 봅니다
가짓대에 가지 열리듯
올망졸망 자라던 우리
하루도 뺀한 날 없이
어머니 반짇고리는
요령소리가 납니다

거짓말처럼
트림이 툭 터져나옵니다
저녁 먹은 것이 명치 끝에
내내 살아 오르면

등판이 텅텅 울리게 쳐주던
약손!
그리워
그리워서
체증이 잦나 봅니다.

陽陽이라네

춘향이
그네에서 사바를 밀어내듯
삶을 누가
이렇게 사랑하는 사람 있을까
바람 끝에 서서 회유하는 이
대청봉에 와 눈주목의
군락을 볼 일이다

해발 1708m
지척의 등고선은
풍랑 위에 섬으로 떠 있고
일제히 사열하는 보병들
물치 쪽으로 더듬어 간 낮은 키가
반쯤은 올라와
화강암을 움켜쥔 발치에
오히려 사람이 몸을 의지한다

수피는
한바탕 힘겨루기가 시작되고
탱탱하게 버텨줄 구심점을 위해
곁가지 잘라
뒤척인 상처가
옹이 하나씩 터를 잡아가는
그래서 삶이라 말하지

백담으로 흘러간 암벽들이
부서져 마사가 되어도
물길을 피하지 않고
달이면 스무 날은 부는 바람 있어
목우재 넘어
발아래 비구름 펴 올리는
산어울이
백두대간의 열매다

칠전팔기
대청봉 오르는 수련생
작살비에 젖은 옷 아랑곳 없이
우레 같은 함성
양양이라네.

매미의 잠

공들인만큼 풀리지 않는지
가로등 불빛 아래서도 글을 읽는 매미에게
수마(睡魔)가 달겨들어 팔베개를 내민다
그래도 잠들지 못하는
백운호수 8블록 라이브에서
꼬마전구를 따라 목이 쉬고
중천에 해뜨는 줄도 모르는 철부지
녹녹한 삶이 있을까
잠을 반납하고
두 벌째 남루의 옷을 벗는다.

애독자

들꽃에다 시를 읊어주는 손녀
또래 아이들에게 내 시집 자랑이다
몇 번을 읽어줘도 말귀가 어두운
단짝 때문에 애가 타
다시 천천히 낭독을 해주다
마침 복도를 지나가는
아! 교장선생님,
나의 어린 독자는
무턱대고 선생님께 시를 낭독한다

교장선생님!
우리 할머니가 시인인 거 다 아시죠?

아, 밤하늘 별처럼
그 많은 시인을 어찌 다 알까
애태워 마라
누구에게나 숙제는 있는 것
한번 보면 또 보고 싶은
들꽃 같은 시
시인의 숙제란다
엉겁결에 독자가 돼버린 교장선생님께
미처 못한 숙제를 들킨 때처럼
귀볼이 붉어진다.

왕피천에 가면

무명실 한 꾸리가 다 풀어져도
바닥이 닫지 않는
소(沼)가 있습니다

발 길 멎은 밤
무지갯빛 잉어들이 소를 타고 들어와
왕피천 물길로
성류굴을 닦습니다

2억 5천만 년 살아
천국으로 가는 계단 만들었지만
흉흉한 염문에 청태 낀 자물통
승천은 때 이르다며
석등에 불만 밝힙니다

모세의 바다
불시에 열리는 용궁처럼
눈 밝은 열목어들이
물 반 고기 반
농성이라도 하는 날
못이기는 체
굳어진 돌쩌귀 열지도 모릅니다

왕피천 냇 벼락에는
성류굴 가로질러 잉어들이 드나드는
아직은, 싯푸른 소가 있습니다.

가을이다

몰운대에 가 있는 효자(孝子)를 기다리다
농수산물 시장을 돌다가
고종시 한 박스와 늙은 호박에 가을을
덤으로 언저 왔다
군인들이 열병식하듯 줄을 세워놓고
호명을 해 본다
아직은 단단한 가을을 어루만진다
늙은 호박 거실에 두고 한동안 들여다보면
가을이다
두리뭉실 둔하게 생겼어도 그 엽렵함이란
봄부터 여름 내내 부지런히 손을 부리고
씨가 들기도 전 애호박을 따고도 시침 뚝 떼면
그렇게 알고도 모르는 척 헌신하다가
어쩌다 넓은 호박잎 뒤에 가려
미처 따지 못하면 누렁이가 되고 그 속에
호박씨가 영글어 저만하면 종자 되겠다
그러면 영 호박을 달지 않는,
어리호박벌이 서리 내린 저물녘 어리버리
꽃에서 떨면 못 본 척 꽃순을 접었다
햇살 펴오르는 아침에 꽃잎을 열어주는
미물의 여유에 미소짓는 가을이다
늙은 호박은 우리집 병장이다

효자도 이 가을 병장 계급을 달겠구나
사려 깊은, 사람이 되어라
몰운대에 구름이 몰려가고 가을이 오겠구나.

나 찾기

새집에 이사와 수년이 흘러도
꿈속에 발길은 옛집으로 향한다
등기 이전을 다 마쳤는데
새롭게 문패도 바꿔 달았는데
가슴의 정산은
더디다고
그럴 땐 머리가 가슴을 나무란다

어느 시인이 첫 시집을 보내고
후포리에서 부쳤다는 햇멸치도
아직 내 가슴에 남은
그 길로
나처럼 찾아가는 소화물
그럴 땐 가슴이 머리를 나무란다

수취인 불명이란 낙인이 찍혀
후포리 작은 포구로 돌아가는
또 하나의 나
누가 있어 얼래고 달래고
나를 돌려보내나.

구절초 꽃차

능선을 넘어
뜨거워진 너덜 길을 걸어온 너
열기가 식기를 기다리마

덕유산 그 들녘을 휘날리던 분내
개울에 와
다소곳 격정이 멎었느냐

가늘게 접어 온
네 잎설이
내 입술에 닿기까지

그리 오래도 않을 시간
잠자코
기다리마.

4부

새들도 때로는 섬이 되는구나

손가락은 말고 달을 보아라

소라가 제 몸을 부수고 있습니다
명사십리의 명사가 되려구요
세세생생 쌓은 만큼 깎아내리는
모래시계
다시 뼈를 갈아 모래성을 쌓습니다

한몸으로 살았던 부부연이
득도를 위해
수절을 약속하고 길을 나섭니다
돌아오는 길 재촉하리라
뒤돌아보니
이승의 걸음으로 건널 수 없는
간·월·암
소라가 쌓은 모래성은 오간데없고
파고가 포효처럼 출렁입니다

손가락은 말고
달을 보아라
손에 잡힐 듯 무학의 달이
한사리 푸르게 박혀 있습니다.

세월

살같이 달리다가
멈추는 세월이 있을까만은
무단히
세월이 지웁다는 어머니
잘 가꾸던 텃밭도
묵혀버리고
세월이 가는 소리
재촉이나 하듯이
염주알을 굴린다

태백산 상원사
도량석을 따라 돌던 어머니
부석사 무량수전 원통기둥처럼
밤새워 선(禪)에 들던
어머니!

저절로 자라
동부꼬투리 노랗게 웃어도
아니라 하고
새집으로 이사가는
전날 밤처럼
절반은 자고
반은 졸고
염주알을 굴린다.

가을 소묘 25쥼

금식 후
숨어들어간 정맥을 겨우 달래
10cc의 혈액을 뽑는다
전광판의 숫자에 몸은 굴러다니고
휘청거리는 자아
수라에서 해물순두부를 뒤적이지만
원색적이던 욕망들이
포르말린에 거세되고 말아

머리띠 질끈 매고
만장을 펄럭이며
정부청사앞 쟁의는 줄을 잇듯이
생멸의 분쟁이 분분한 병동
그러나 병원 뒤뜰은
자잘한 스캔들로 치부해버린
정지된 시간
조용히 운명을 수용하는
휠체어의 어머니와
이제 막 체모가 시작된 듯
코밑이 까무스름해진 소년
은행잎이 눈부시다

보세요!
이 아름다운 세상
은행잎을 주워서
무릎 구부려 어머니께 내밀고
고개를 젖혀 길게 하품하는 어머니
어머니 눈에서
눈곱을 조심스레
약지로 찍어내어
엄지로 다독다독
꿈을 다독이는 아들

7병동 쪽으로 밀려가는 휠체어
짧은 명화에 긴 여운
순두부 아니라도
제 위치 찾은 피돌기
10cc의 채혈과 소모된 시간이
풍선처럼 가볍게
횡단보도를 뛰어간다.

휴휴암(休休庵)

이물 없는 이름이다
도솔암도 아니고 망해암도 아니고
자숙하려 해도 헤벌죽 웃음이 난다
산소방으로
수면방으로
명상센터로 달려가는 출세간
딴청을 부리고 허세를 부려도
다 아는 부처님
쉬어라 그냥, 쉬어라 한다

너울이 밀고 오는 바다
카르륵 카르륵
모래만 쓸어가고
해무를 가르던 밤바람은 끝내
팔만경을
풍경의 이마에 필사를 한다
돌아누운 한쪽 귀로 경(經)이 들어온다
나는 혼곤히 잠에 취하고
경탁이 홀로 경을 읽는다
그래, 휴휴암이다.

부추밭 채송화

민초처럼
어김없이 앉은 터를 사수하라

날렵하게 포기를 나누고
촘촘히 얼클어져
티격태격 자리다툼하더니
민둥산이 낫질에
금세 지혈하고
새 움을 티우더라

굼뜬 농꾼들이 낫을 벼리는 사이
틈을 노려 꽃대를 들이미는
부추밭 채송화
엉덩이 좁혀
한 뼘 땅을 내주더라.

아버지의 땅

뚜껑을 열지 말아라
개울이 굽이진 둔덕에
나를 올려놓고
농주가 들었던 주전자를 건네주셨습니다
콩꼬투리 살강이는 뚝방을 지나
마을어귀 쌀금네 밭까지
당신 눈길은
주전자 무게에 기우뚱한 어린 몸을
바로 세우려 애태웠습니다

때때로 요동치는 주전자에 놀라
돌아다보면
손사래치시던 거기
가뭄에도 밭기슭 에도르는 개울 있어
석섬지기 톺아내던 아버지의 땅
통발에 간혹 들어앉은 눈먼 장어는
둘레상에 모여앉아
기름진 웃음
물꼬 트는 소리 낭낭합니다

기억의 언덕에
바람색 대문이 낡아가던 집
시멘트 바닥에 가꾸던

아버지의 국화꽃 은발의 실국은
애증의 땅에 뿌리내리고 싶었던
상사화
베어도 돌아서면
돋아나는 메꽃이었습니다
아버지의 땅에
문화제 보호구역이란 이름표
눈부시게 달고
제 세상 만난 상사화
지천으로 핍니다.

동영상 유감

빙점(氷點)이
흙속에 잠복하고 있었다
영민했던 눈매와
서슬퍼런 입김이 산이던 그대
돌층계에 누워 있어
약속 없이도
장군바위턱에
지기(知己)들은 모여들고
코에서 심장으로 온기를 불어넣으니
그대 어먼길 돌아서듯 돌아오라

헬기가 뜨고
잔설을 헤집고 나온 동아줄,
끝에 들것이 내린다
현란한 프로펠러 소리
고래잠도 깨우려니
땅에서 넘어진 자
땅을 딛고 일어서라
헤드스핀에 열광하는 아들과
파뿌리가 아직도 머나먼 아내
호주(戶主)가 되기는 너무 어리다

지기들은
동영상 폰의 초점을 맞추어
헬기를 따라가고
서둘러 벗긴 등산화와
붉은 머풀러
그대를 기다린다
일어나라.

지로 용지

이태 전 읽다만 시집 속에
구족화가가 보낸
지로 용지
백지수표로 꽂혀 있습니다

잠시 보류하려던 액면은
미지수
흐지부지 주저앉은 소용과
의심이 도모하여
먼지 속에 쟁여논
초라한 양심을
오히려 시집이 부끄럼타며
제 갈피에
꼭꼭 숨기고 있습니다.

망월사 종소리

화선지 한 장
그 밤 기척없이 내린 첫눈을 내다보고
말문을 닫아버려
머리맡을 발굽 세우며 돌아갔을 그쯤
망연히 보노라
함부로 발길 내딛을 곳 몰라
길 없는 길을 보노라

푸르른 멍울 빛
사미의 종은
잠을 다 털지 못해
군데군데 죽비를 맞고 소스라쳐
산비알을 향해 오종종
멀어진 박새 발자국 따라
여명을 걸어 가는
망월사 종소리
종소리.

내 친구 숙이

주말을 기다려 은행원이 된 숙이를 처음 찾아갔었지요
삼십 년도 넘은 옛날 일입니다

얼굴이 달같이 맑아서 그랬나 숙이가 있으면 주위가 달무
리로 환하고 헌책 뭉치처럼 쌓여 있는 돈다발에 공연히 가
슴이 콩새처럼 뛰기만 하던 그날 원없이 지폐를 세던 숙
이, 계수기가 없던 시절 새끼 빙어 같은 열 손가락이 한 마
리 공작새 현란한 마술을 부리는 듯 펼치고 재끼고 톡 마
무리고 고객은 찾아갈 돈이 맞거나 말거나 검수하는 모습
에 확 반하고 말아 실적고를 따지자면 점장 다음 이라나
창구에서 한 번 마주하면 계약고가 줄을 잇고 상상하기만
하면 멋없지 기품은 또 얼마나 고고했는지 가을 야유회 때
불렀던 동심초에 까무라치는 총각 많았지 그랬지만 한눈
팔지 않고 열심히 노력해 최씨 가문의 대들보에다 효녀하
면 청이가 울고 갔었지 기울던 친정 반듯이 세우고 걸출한
휘앙새 만나 동화사 절집 밑에 부처하고 살던 숙이, 지족
(知足)하는 마음 하심(下心)하는 마음에 오세암 백의관음
께 백팔참회 올리던 숙이

그물에 걸리지 않는 바람처럼 살려고
극락으로 이사 간 내 친구 숙이 거기 살고 있나요.

새들도 때로는 섬이 되는구나

도요새
물떼새
흰 날개 큰고니도
입시전쟁은 하늘에서 치른다
비행은 언제나 실전이라고
벼랑으로 떠밀며
아비가 가르친 낙법처럼
도브해로 날아가는 긴 항로에서

큰고니 날개깃에
잠깐식 숨을 고르는 작은 물떼새
가도 가도 섬 하나 없는
망망대해
섬이듯 날개섶을 내주는
새들도 때로는 섬이 되는구나

사노라 지쳐
허우적일 때
사람의 향기 그리워
악수를 청하면
따스한 마음으로 맞잡아 주는 손
두루미 날개 같은
사람도 때로는 섬이 되는구나.

사람처럼

목베고니아 절정의 꽃분 곁에
잎자루 무성한 설중매
참 어여뻤다
사람이 사람을 알아보듯
꽃도 꽃다움에 마음을 열거나
꽃에도 샘이 있어 시샘도 하는지

절개는 개가 물고 가버린 세상
복중에 설중매가 꽃을 피우고
이삼 일 붉으레
막이 내린 뒤에야
저버린 절개가 떠올랐는지
사람처럼
허무를 앓고 있는지.

삐삐용 안경에게

네가 쓰던 스탠드에 밤을 밝히고 편지를 쓴다
뻐꾸기가 두 번 울었다
효자는 불침번을 설 시간, 우리는 같이 깨어 있다
너는 꽃 이름 산 이름 강 이름 이쁜 여학생 이름
아니면 대학로 주점들을 외우며 잠을 쫓으렴
저만큼 특박을 나오던 너를 생각하고 나는 웃는다
안경다리에 깁스를 하고 태연히 걸어오던 그곳
세상의 엄마들이 보내기 싫다 하고
넌지시 밀어 넣는 소문대로 대단한 그곳
삐삐용 안경 쓰고 태종대며 다대포로 함께 거리를
활보하는 효자가 듬직했다

낮에 관악산 생강나무꽃이 반만 벙글었더라
산꽃이 피고 들꽃이 피면 효자가 싫어하는
청개구리 콘셉트가 제법 태가 나는 일등병이겠구나
국방부 시계가 느리다고 투정하지만
군인다운 아들다운 사람다운 자리에 데려다 주는
명확한 시계가 아닐까
몰운대의 밤바람과 맞서 있는 너를
오래 생각한다
우리는 어디로 가고 있는지……
어디엔들 못 가랴 안 갈 뿐이다
드디어 효자에겐 교대 시간이 오고
엄마에게도 새 아침이 오고 있구나.

나는 전생에 잉어였을까

갯섬
윗대밭골
어머니 날 가지시며
비늘치레 잉어를 품으시고

참물도랑에
동이물 길러 가면
삽짝까지 따라오던
푸른 부레 물짓소리

섣달 초이틀
살을 갈라 낳으실 제
윗목에 물그릇 얼음이 풀리고
머릿물도 홍건히
산실도 맑았다던

나는 전생에 잉어였을까
어머니 아픔 아는 잉어였을까.

자작나무

자작나뭇잎이
수액을 말리고 있습니다
좀 더 가벼히 날아오르기 위해 삶의 부피를
압축하는 것이지만
한여름 꼬리명주나비의 비상을
눈여겨보아 낯설지 않은
명주나비의 마음으로 길을 나섭니다

소롯길을 지나
은하수 먼 발치에 명주나비 떼
유순한 나비들은 이미 별이 되었습니다
새 행성으로 나뭇잎이 모입니다
고락을 지치고 온 거리만큼
영혼의 순도는 투명합니다
또 겨울 한철 안거를 마치면
기도가 반은 이룬 것입니다.

자아 인식과 시적 환생

—신장련의 시세계

김대규(시인)

　신장련 시인은 5년 전에 첫 시집 『목어(木魚)의 바다』를 출간한 바 있다. 나는 그 시집에 '감성의 모성지향과 영혼의 탈의(脫衣)'라는 제하의 평설을 썼는데, 그 소재로서의 자연, 시어의 기능성, 비유의 수사학, 그리고 탈속의 인생 메시지 등이 논구의 주안점이었다.

　이번에 제2시집 『사람도 때로는 섬이 되는구나』의 간행을 위해 신장련 시인이 자선한 25편의 작품을 읽고 먼저 느낀 것은 첫 시집의 시세계가 그대로 이어지면서 거기에 표현의 세련미가 더해졌다는 점이다.

　시세계의 연속성은 신장련 시인이 자신의 시의 영토로 이미 확보했다는 것일 터이고, 세련미의 강화는 그간의 끊임없는 시적 수련을 말해 주는 것이겠다. 모름지기 시 쓰는 사람들이 지녀야 될 자세가 아닐까 한다. 따라서 나는 위에서 지적한 신장련 시인의 시적 특성들을 차례를 정하지 않고 살펴보겠는데, 관심이 있는 독자들에게는 첫 시집을 참고해 주기 바란다.

먼저 유의하고자 하는 것은 신장련의 시어 운용에 있어 한국어 특유의 정감을 간직하고 있는 어휘들을 선용한다는 점이다.

손에 잡힐 듯 무학의 달이
한사리 푸르게 박혀 있습니다.
―〈손가락은 말고 달을 보아라〉 중에서

가뭄에도 밭기슭 에도르는 개울 있어
석섬지기 톺아내던 아버지의 땅
―〈아버지의 땅〉 중에서

코에서 심장으로 온기를 불어넣으니
그대 어먼길 돌아서듯 돌아오라
―〈동영상 유감〉 중에서

우렁각시와 듬벙에 모여 놀던 구름
조각조각 제 갈 데로 후두껴 갑니다
―〈소 찾기〉 중에서

위의 아랫점으로 표시된 시어들은 순한국어라는 의미를
넘어 해당 행의 시적 분위기 제고에 여타 시어들이 하지 못
하는 정서적 환기력을 제공한다. 이러한 언어적 묘미가 신장
련의 시에는 곳곳에 박혀 있다.

　시어 활용 측면에서 주서(朱書)할 수 있는 또 하나의 특징
은 적지 않은 식물류·동물류·지명의 등장이다.

① 굼뜬 농꾼들이 낫을 벼리는 사이
　틈을 노려 꽃대를 들이미는
　부추밭 채송화
　　—〈부추밭 채송화〉 중에서

　시멘트 바닥에 가꾸던
　아버지의 국화꽃 은발의 실국은
　애증의 땅에 뿌리내리고 싶었던
　상사화
　베어도 돌아서면
　돋아나는 메꽃이었습니다
　　—〈아버지의 땅〉 중에서

② 도요새
　물떼새
　흰 날개 큰고니도
　입시전쟁은 하늘에서 치른다
　　—〈새들도 때로는 섬이 되는구나〉 중에서

좁은 땅

하늘로만 솟아오르는 빌딩만큼

까마득한 까치집

　―〈집짓기〉 중에서

③ 홍성군 지천리에서 빈 집을 지키는 너를 보았다

사과꽃 따는 주인을 기다리다

물 한 모금 마시고 토담 아래 버린 물

　―〈여름밤에 눈꽃〉 중에서

칠전팔기

대청봉 오르는 수련생

작살비에 젖은 옷 아랑곳없이

우레 같은 함성

양양이라네.

　―〈陽陽이라네〉 중에서

　①은 식물류, ②는 동물류, ③은 지명들의 예다. 평설 대상 25편의 작품에서만도 식물류로는 '부추밭 · 오랑캐꽃 · 채송화 · 포기 · 오리나무 · 꽃대 · 콩꼬투리 · 국화꽃 · 실국 · 상사화 · 메꽃 · 파뿌리 · 목베고니아 · 꽃분 · 설중매 · 생강나무꽃 · 들꽃 · 벼이삭 · 산꽃 · 고마리풀 · 구절초 · 눈꽃 · 사과꽃 · 잎새 · 설화 · 풀잎 · 설화초 · 청태 · 갈잎 · 고사리 · 눈주목 · 솔방울 · 수피 · 곁가지 · 은행잎 · 열매' 등, 동물류로는 '방아깨비 · 거미 · 햇멸치 · 잉어 · 열목어 · 청둥오

리 · 깃털 · 박제 · 날갯짓 · 부리 · 백로 · 털북숭이 · 날개 · 맹꽁이 · 우렁각시 · 물고기 · 소 · 소라 · 박새 · 부룩떼기 · 까치 · 새 · 도요새 · 물떼새 · 큰고니 · 두루미 · 장어 · 고래 · 뻐꾸기 · 청개구리' 등, 그리고 지명류로는 '태종대 · 다대포 · 몰운대 · 도브해 · 명사십리 · 간월암 · 망월사 · 국사봉 · 우포 늪 · 폐왕성 새미터 · 학의천 · 후포리 · 덕유산 · 홍성군 지천리 · 관악산 · 미사리 · 왕피천 · 성류굴 · 양양 · 대청봉 · 백담 · 목우재 · 백두대간' 등이 보인다. 참고하지 못한 작품들까지 합산하면 이들 리스트는 더욱 풍성해지리라.

이와 같은 시어류의 다용은 신장련의 시세계의 모근(母根)이 '자연'에 내려 있음을 말하는 것이겠다. 그리고 지리적 고유명사들의 경우는 자연의 순수 감성에 삶의 현장적 진실성이 가미되는 요소라 할 수 있다. 한마디로 신장련은 진솔한 시인이다.

이들 세 부류의 시어 활용에 있어 자연성과 현장성을 넘어선 상징적인 비유의 경우, 시적 묘미가 돋보이는 예가 있다.

① 민초처럼
    어김없이 앉은 터를 사수하라
    ―〈부추밭 채송화〉 중에서

② 네가 쓰던 스탠드에 밤을 밝히고 편지를 쓴다
    뻐꾸기가 두 번 울었다
    ―〈삐삐용 안경에게〉 중에서

③ 2억 5천만 년 살아

천국으로 가는 계단 만들었지만

― 〈왕피천에 가면〉 중에서

①의 식물류 시어 '민초' 는 주지하듯 민주주의 근본을 잡초의 끈질긴 풀뿌리에 비유해서 탄생시킨 조어다. 민중과 잡초의 합성 축약어인 민초라는 식물은 실재가 아니로되 실재 이상의 의미를 지닌다. 중의법의 위력이다. ②의 동물류 시어 '뻐꾸기' 도 마찬가지다. '두 번 울었다' 는 것은 '뻐꾸기 시계' 가 밤 두 시를 알렸다는 비유, 곧 중의법의 활용이다.

③의 경우는 좀 다르다. '천국' 은 물론 지상의 나라는 아니다. 하늘나라다. 그러나 하늘나라라고 하더라도 하늘의 어느 곳에 위치한 지리적 정처(定處)가 아니다. 가공의 나라이되 우리 인간의 마음속에는 항상 이상향으로 존재한다. 종교인일수록 더욱 현실적 현장성이 짙다. 신장련의 작품들에 후광으로 작용하고 있는 불교적 정취도 그러한 상념의 소산일 터이다.

거미가 엮어놓은 그물 속으로

더듬이를 찔러 보는

방아깨비

학의천이 놀라 탱탱하다

그물이 눈을 소물게 뜨고

고마리풀에 기댄다

네가 고마리 숲으로 들어오면

그물코 당긴다

오늘 방아깨비 타고

학의천 유람하다.

　　―〈학의천 방아깨비〉 전문

　위는 앞에서 살핀 식물류·동물류·지명류의 세 부류 시
어들이 함께 모여 만들어진 좋은 예시다. 신장련의 시들에서
는 아주 드물게 볼 수 있는 단상이다. 안양의 '학의천'을 거
닐며 거미와 방아깨비와 고마리풀이 어울린 정경을 동시적
스냅으로 그렸다. 오염을 몰아낸 하천에서 방아깨비를 탄 유
람은 그래서 더 즐겁다.

　일반적으로 시를 읽는 즐거움은 개성적인 표현이 일익을
담당한다. 문학성의 유무도 이에서 갈린다. 감성의 서정성
을 주류로 하고 있는 신장련이 이번 시집에서는 시적 묘미를
더해 주는 비유들을 체크무늬처럼 보여주고 있다.

소라가 제 몸을 부수고 있습니다

명사십리의 명사가 되려구요

　　―〈손가락은 말고 달을 보아라〉 중에서

마른 산들이

단식을 끝마치고

달게 배를 채우는 듯

　―〈봄비〉 중에서

국방부 시계가 느리다고 투정하지만

군인다운 아들다운 사람다운 자리에 데려다 주는

명확한 시계가 아닐까

　―〈빠삐용 안경에게〉 중에서

　첫 번째의 '소라' 얘기는 제 몸을 부수고 부수어 명사십리
의 명사가 되려고 한다는 동시적 발상도 재미있지만 '명사
(明沙)'에 '명사(名士)'의 의미가 떠올라 은근한 웃음을 머
금게 한다. 역시 중의법적 효과다.

　두 번째는 비가 오지 않아 메마른 산을 '단식'을 한 것으
로 의인화시킨 점, 세 번째는 입대한 아들(빠삐용 안경)을
'군인다운 아들다운 사람다운 자리'로 변화시키는 훈련과
정을 '국방부 시계'로 환유한 점이 유머스럽기까지 하다.

푸르른 멍울 빛

사미의 좋은

잠을 다 털지 못해

군데군데 죽비를 맞고 소스라쳐

산비알을 향해 오종종

멀어진 박새 발자국 따라
여명을 걸어가는
망월사 종소리
종소리.
 ─〈망월사 종소리〉 중에서

손가락은 말고
달을 보아라
손에 잡힐 듯 무학의 달이
한사리 푸르게 박혀 있습니다.
 ─〈손가락은 말고 달을 보아라〉 중에서

위의 싯구에서처럼 불교적 심상들은 신장련 시인의 특성
이다. 구체적인 불교 관계의 이미지들이 제시되지 않더라도
측은지심의 발로나 연민의 정, 또는 인연·윤회·환생 등에
서 시심을 추스르는 마음가짐이 그러하다.

그리운 얼굴 잊어버릴까
인연에 대하여
긴 명상에 든다.
 ─〈인연 3〉 중에서

우포 늪 듬벙에
목을 축이고

윤회의 매듭을 풀어버린

청둥오리

―〈청둥오리〉중에서

또 몇 생이 지나

너는 풀잎으로 나는 단비로 만날 것인가.

―〈여름밤에 눈꽃〉중에서

불교적으로 말하자면 '기연(機緣)'의 시들이다. 인연과 윤
회와 환생을 노래한다. 그 대상도 사람이 아니라 '털북숭이'
강아지, '청둥오리', 그리고 '눈꽃'이다. 신장련은 그런 불
심으로 '바위'에 대해서도 '처음이자 마지막인/그대/간직하
네'라고 인연의 줄을 동여맨다.

동식물, 무생물에게까지 그러하거늘 사람에 관해서야 말
해 무엇하겠는가. 신장련은 이번 시집에서 부모와 자녀의 가
족연, 내외 간의 부부연, 사람과 사람과의 인간연에 따스한
눈길을 보낸다. 앞에서 동물류의 시어에 관한 언급도 있었지
만, 동물 중의 으뜸은 '인간'이 아니겠는가. 아니 이 시집 속
의 모든 물상들은 인간의 윤회적 환생물들이 아닐까.

① 한 곳을 같이 바라보며 살겠습니다

부족한 곳을 같이 메꾸며 살겠습니다

받은 것은 혹 잊어버릴지라도

미처 주지 못한 것을 가슴에 담아두겠습니다

―〈비버 부부의 성혼선언〉중에서

② 땅에서 넘어진 자

땅을 딛고 일어서라

헤드스핀에 열광하는 아들과

파뿌리가 아직도 머나먼 아내

호주(戶主)가 되기는 너무 어리다

―〈동영상 유감〉 중에서

정지된 시간

조용히 운명을 수용하는

휠체어의 어머니와

이제 막 체모가 시작된 듯

코밑이 까무스름해진 소년

은행잎이 눈부시다

―〈가을 소묘 25쥼〉 중에서

①은 '비버'를 통한 부부애의 사랑 서약이고, ②는 일찌기 아버지(남편)을 잃은 모자(母子)와 어머니를 저세상으로 보낼 운명을 맞은 사춘기 소년의 이야기다. 시를 '이야기' 라고 말하는 것은 서글픈 삶의 스토리가 부각돼 있기 때문이다. 신장련은 우리가 수시로 접하게 되는 병동의 이러한 모습을 '짧은 명화에 긴 여운' 이라고 말한다.

사노라 지쳐

허우적일 때

사람의 향기 그리워
악수를 청하면
따스한 마음으로 맞잡아 주는 손
두루미 날개 같은
사람도 때로는 섬이 되는구나.
— 〈새들도 때로는 섬이 되는구나〉 중에서

신장련 시인이 인생고해에서 끝내 체득한 것은 '사람도 때로는 섬이 되는구나' 라는 화두다.

'사람=섬' 의 등식에는 고독과 안식의 은유가 오버랩된다. 사람은 누구나 바다 위의 외딴 섬처럼 외로운 존재. 그러나 그 외딴 섬에 왠지 가 보고 싶은 것이 또한 사람의 마음이다. 고독과 고독의 교감. 섬은 그 동병상련의 위안을 준다. 머나먼 망망대해를 건너는 새들에게 휴식처가 되듯, 지친 영혼에게는 섬과 같은 안식처가 필요하다. 중요한 것은 신장련이 '사람' 에게서 그 영혼의 등대불을 찾아 노래했다는 것이다. 우리는 시인의 사람 찾기의 궁극이 마침내는 '나 찾기' 로 마무리된다는 점에서 신장련의 시적 행로에 인간적인 신뢰를 보내게 된다.

새집에 이사와 수년이 흘러도
꿈속에 발길은 옛집으로 향한다
등기 이전을 다 마쳤는데
새롭게 문패도 바꿔 달았는데

가슴의 정산은
더디다고
그럴 땐 머리가 가슴을 나무란다

어느 시인이 첫 시집 보내고
후포리에서 부쳤다는 햇멸치도
아직 내 가슴에 남은
그 길로
나처럼 찾아가는 소화물
그럴 땐 가슴이 머리를 나무란다

수취인 불명이란 낙인이 찍혀
후포리 작은 포구로 돌아가는
또 하나의 나
누가 있어 얼래고 달래고
나를 돌려보내나.
　　　　　—〈나 찾기〉 전문

　위의 시에는 생활인과 시인 사이의 갈등이 '나 찾기'의 어려움을 보여주고 있다. 이성의 머리와 감성의 가슴, 삶과 시 사이의 방황은 스스로를 '수취인 불명'의 존재로 낙인찍는다. "나는 수취인을 찾아다니는 선물이었다."는 사르트르의 고백을 연상케 한다.
　현실과 이상, 각성과 꿈의 대치는 예술의 숙명이다. 그리고 그 숙명은 '또 하나의 나'의 수취인이 다름 아닌 나 자신이었음을 인식함으로써 완성된다. 시인이란 바로 머리를 가슴에 묻은 자의 이름일진대, 이 시집이 신장련 시인의 가슴을 더욱 넓혀주어 시의 수하물들이 가득가득 쌓여 갈 수 있기를 바란다.